Analyse de l'œuvre

Par Elise Vander Goten

Qu'à jamais j'oublie

Valentin Musso

lePetitLittéraire.fr

Analyse de l'œuvre

Par Elise Vander Goten

Qu'à jamais j'oublie

Valentin Musso

Rendez-vous sur lepetitlitteraire.fr et découvrez :

Plus de 1200 analyses
Claires et synthétiques
Téléchargeables en 30 secondes
À imprimer chez soi

QU'À JAMAIS J'OUBLIE

UN THRILLER BASÉ SUR DES FAITS RÉELS

- **Genre :** roman
- **Édition de référence :** *Qu'à jamais j'oublie*, Paris, Seuil, 2021, 320 p.
- **1re édition :** 2021
- **Thématiques :** meurtre, enquête, violences faites aux femmes, viol, maltraitance, famille, Suisse.

Paru en 2021 aux éditions Seuil, *Qu'à jamais j'oublie* est le neuvième roman écrit par Valentin Musso. Il s'agit d'un thriller, mettant en scène le personnage de Théo, un quarantenaire qui décide d'enquêter sur le passé de sa mère lorsqu'il apprend qu'elle a tenté d'assassiner un inconnu sans raison apparente. Assez vite, il comprend qu'un secret empêche depuis des années sa famille d'aller de l'avant et que la clé du mystère réside en Suisse, dans un internat où sa mère semble avoir été pensionnaire…

Valentin Musso décide d'écrire les premières pages de ce livre après être tombé par hasard sur un article traitant des internements administratifs en Suisse. Des années 1960 à 1980, des centaines d'hommes et de femmes qui n'avaient pourtant été ni jugés ni condamnés par la justice ont en effet été envoyés dans des établissements pénitentiaires, qui étaient bien souvent le théâtre de maltraitances et d'abus sexuels.

Si sa part romanesque est parfaitement assumée, ce livre s'appuie donc sur des faits historiques et est le fruit d'un long travail de documentation. Certaines des lettres citées dans le texte de Valentin Musso sont d'ailleurs des témoignages authentiques de victimes.

VALENTIN MUSSO

ÉCRIVAIN FRANÇAIS

- **Né en 1977 à Antibes**
- **Quelques-unes de ses œuvres :**
  - *La Ronde des innocents* (2010), roman
  - *La femme à droite sur la photo* (2017), roman
  - *Un autre jour* (2019), roman

Valentin Musso est né à Antibes le 19 aout 1977. Comme son frère Guillaume Musso, il est élevé par une mère bibliothécaire, de sorte qu'il baigne dès l'enfance dans le monde littéraire, mais son intérêt pour la lecture se renforce tout particulièrement à l'adolescence, lorsqu'il découvre les romans de Stephen King. Après avoir obtenu son bac, c'est donc assez naturellement qu'il s'oriente vers des études de lettres classiques, pour devenir professeur de littérature et de langues anciennes. S'il commence à écrire lors de ses études, il faut en revanche attendre 2009 pour qu'il publie sous pseudonyme son premier thriller, *La Ronde des Innocents*, sur le site Internet des Nouveaux auteurs. Applaudi par de nombreux lecteurs, ce roman est édité l'année suivante au format papier et sous son véritable nom. Plébiscité par le libraire et chroniqueur télé Gérard Collard, Valentin Musso parvient grâce à ce premier roman à se faire connaitre du grand public. Après cela, il publie encore un livre aux éditions des Nouveaux auteurs en 2011, puis rejoint les éditions Seuil, où parait notamment *Le murmure de l'ogre* (2012) pour lequel il obtient le prix du polar historique de Montmorillon. Il vit aujourd'hui dans sa ville natale et enseigne toujours en parallèle de ses travaux d'écriture.

RÉSUMÉ

1967 : UNE AMITIÉ FUSIONNELLE

Durant l'hiver 1967, Nina, une jeune fille âgée de 16 ans, est placée dans une famille d'accueil dans le canton de Vaud, en Suisse. Son nouveau foyer est constitué d'un couple de fermiers et de leurs deux enfants, Christian, âgé de 18 ans, et Anne-Marie, âgée de 10 ans. Loin d'être accueillante, la mère est acariâtre et traite d'emblée Nina comme une esclave, tandis que le père assiste sans rien dire à ses remontrances.

Pendant plusieurs semaines, et malgré les nombreuses remarques acerbes qu'elle doit subir, Nina réalise pourtant sans broncher différents travaux d'entretien dans leur ferme. Ses efforts ne suffisent toutefois pas à gagner la confiance de la mère, qui l'accuse à tort d'avoir volé de l'argent, lui tire les cheveux et la frappe avec un torchon.

Christian se montre quant à lui plutôt aimable avec elle, jusqu'au jour où, deux mois après son arrivée, elle se retrouve seule à la maison avec lui. Soudain, l'adolescent change de comportement à son égard, la pousse sur le lit dont elle est en train de changer les draps et la viole.

Prise de culpabilité, Nina se confesse le samedi suivant, mais le prêtre auquel elle raconte son histoire s'empresse de la rapporter à sa mère d'accueil, qui estime que Nina a perverti son fils. Furieuse, elle refuse d'entendre raison quand Nina essaie de s'expliquer et fait les démarches pour que son tuteur revienne la chercher.

L'adolescente est alors emmenée au foyer d'éducation Sainte-Marie, une maison de redressement pour jeunes filles. Lors d'une visite médicale, le médecin de cette institution lui apprend qu'elle attend un enfant, et que ce dernier sera donné à l'adoption après sa naissance.

Elle n'est enceinte que de quelques semaines lorsqu'une nouvelle pensionnaire nommée Denise fait son entrée à Sainte-Marie. Belle et mystérieuse, elle fascine tout de suite Nina, qui recherche sa compagnie. Une nuit, elle remarque qu'elle a déserté leur dortoir et la suit jusqu'à la salle de bain, où elle la surprend en train de se pendre à un drap. Après l'avoir détachée et lui avoir sauvé la vie, Nina pousse Denise à se confier, et cette dernière lui révèle avoir atterri dans ce foyer parce qu'elle a tenté de fuir de chez elle avec un garçon. Nina lui raconte ensuite sa propre histoire et Denise lui promet de les faire échapper, elle et son bébé, de cet endroit.

En vue de leur évasion, Denise sympathise avec l'un des livreurs, nommé Markus, et joue de ses charmes pour le convaincre de les aider. Elle prévoit de partir d'un jour à l'autre lorsqu'une autre pensionnaire renverse par accident un seau d'eau bouillante et de soude sur elle. Emmenée à l'infirmerie pour traiter ses brulures, elle est examinée par le Docteur Dallenbach, qui lui fait une injection de somnifères. Lorsqu'elle se réveille sur sa table d'examen, elle pressent, bien qu'elle n'en garde aucun souvenir, qu'il a profité de son sommeil pour abuser d'elle. Elle le confronte quand elle retourne changer ses pansements quelques jours plus tard, et qu'il souhaite à nouveau l'anesthésier, mais il l'enjoint au silence, avançant que personne ne croira une fille aussi dépravée qu'elle. Elle n'a dès lors d'autre choix que de garder le silence et de se laisser endormir par le médecin chaque fois qu'elle vient faire examiner ses blessures dans son cabinet.

Plus que jamais, elle souhaite fuir Sainte-Marie et cet homme effroyable, mais la grossesse de Nina est de plus en plus avancée, et il devient difficile pour elle de se déplacer. Le travail se déclenche finalement trois semaines avant son terme, et elle meurt des suites de son accouchement. Denise, qui n'a désormais plus aucune raison de rester dans ce simulacre de prison, s'échappe la nuit suivante. Frappée d'une intuition, elle marque néanmoins un arrêt dans le bureau du docteur Dallenbach avant de partir, et trouve dans un de ses tiroirs des photographies d'elle et de plusieurs autres pensionnaires prises à leur insu alors qu'elles étaient inconscientes, sur la table d'examen du médecin.

Les bras chargés de ces preuves incriminantes, elle rejoint ensuite Markus, qui l'aide à rejoindre Paris.

Là-bas, Denise démarre une nouvelle vie, trouve un travail de serveuse et commence à se faire appeler Nina. Elle vit dans la Ville Lumière depuis quelques semaines lorsqu'elle réalise être tombée enceinte de Dallenbach. Aidée par une amie, elle fait les démarches pour avorter, mais au dernier moment, le souvenir de Nina l'empêche d'aller jusqu'au bout.

Pour que son fils ait un père qui le reconnaisse, elle épouse donc Joseph Kircher, un photographe renommé. Comme elle ne souhaite cependant plus avoir de rapports intimes, elle conclut avec lui un accord : il peut voir autant d'autres femmes qu'il le souhaite, à condition qu'il ne tente jamais rien avec elle. S'il a accepté ce marché, Joseph Kircher peine néanmoins à s'y résoudre et sombre dans la boisson. Un soir, alors qu'il est sous l'emprise de l'alcool, il tente d'abuser de sa femme, si bien qu'elle le pousse dans les escaliers de leur chalet, sous les yeux médusés de Théo, l'enfant biologique de Dallenbach, et Camille, le fils de Joseph et sa première femme. Sous le choc, Denise appelle Maud, sa belle-sœur et sa meilleure amie, qui lui conseille de déguiser l'accident en crise cardiaque.

2008 : L'ENQUÊTE DE THÉO

À 40 ans, Théo est connu par la presse comme « le photographe des stars » et le fils de Joseph Kircher, le grand artiste. En tant que tel, il a d'ailleurs rassemblé plusieurs photos inédites de son père pour en faire un livre. Il revient du vernissage de l'exposition qu'il a organisée dans le cadre de la promotion de cet ouvrage lorsqu'il reçoit un message sur son téléphone : sa mère, Nina Jansen, vient d'être arrêtée par la police pour avoir tenté d'assassiner un médecin suisse du nom de Georges Dallenbach dans un hôtel à Avignon.

Si elle semble n'avoir aucun lien avec cet homme, Théo ne la croit néanmoins pas capable de s'en prendre à un innocent. Comme sa mère se mure dans le silence, il entreprend donc de fouiller dans son passé pour la sortir de prison.

La première étape de cette quête de vérité est d'interroger sa tante Maud, qui vit sur la Côte d'Azur. Face aux interrogations pressentes de son neveu, elle ne laisse échapper aucune information, néanmoins elle lui confie quelques photos de sa mère, espérant qu'elles puissent l'aider à mener son enquête. L'une d'elles en particulier attire l'attention de Théo, car elle représente sa mère à l'âge de 17 ans, accompagnée d'une fille de son âge, devant une sorte de pensionnat. Or il sait grâce à l'avocat de sa mère que Dallenbach a travaillé dans un établissement suisse appelé l'Institut Sainte-Marie et ne tarde pas à faire le rapprochement. En faisant quelques recherches sur Internet, il apprend en outre qu'il s'agissait, comme bon nombre d'institutions suisses de ce genre dans les années 1960, d'une prison déguisée, où étaient internées illégalement des jeunes femmes pour toutes sortes de motifs fallacieux (mensonge, dépravation, etc.).

Afin d'en apprendre davantage, il se rend ensuite à Lausanne afin de rencontrer un historien menant un projet de recherche d'envergure sur ces institutions. Après un premier contact, ce dernier le redirige vers Marianne, l'une de ses collègues, qui s'est plus particulièrement intéressée aux archives de l'Institut Sainte-Marie, car son père y a travaillé comme directeur après que la mère de Théo en soit partie. En fouillant dans les archives à sa disposition, elle apprend que Nina Jansen est morte en couche alors qu'elle avait 17 ans, et à l'aide de son ex-mari policier, elle obtient les coordonnées d'Elizabeth Jansen, la sœur de Nina, qui accepte de les recevoir et leur apprend que la mère de Théo se nommait en vérité Denise.

Muni de ces nouvelles informations, Théo reprend l'avion pour Marseille, où il rend visite à sa mère en prison. Lorsqu'il mentionne son ancien nom, elle sort de son mutisme et lui raconte toute l'histoire, puis l'envoie chercher les photos incriminantes de Georges Dallenbach, qu'elle a conservées durant toutes ces années dans un coffre à la banque. Il y trouve également son acte de naissance, et comprend en voyant que les dates ont été modifiées qu'il n'est pas le fils de Joseph Kircher, mais du médecin qui a violé sa mère.

Il est bien évidemment dévasté par la nouvelle, mais soulagé de voir la vérité éclater, d'autant plus que l'avocat de sa mère a désormais à disposition des preuves permettant de la faire libérer. En dépit de ces années de mensonges et de non-dits, il s'efforce donc d'aller de l'avant et entame une relation avec Marianne. Il s'apprête à partir en vacances avec elle et sa fille quand il reçoit une lettre d'une femme ayant été pensionnaire à Sainte-Marie peu de temps après sa mère et ayant elle aussi subi des abus du docteur Dallenbach. Elle lui écrit en effet s'être réveillée un jour sur sa table d'examen et avoir vu le médecin en compagnie d'Henri Dussaut, le père de Marianne. L'historienne a donc menti sur les dates auxquelles son père a été directeur de l'institution et, de surcroit, il n'est pas impossible qu'elle et lui aient le même père...

ÉTUDE DES PERSONNAGES

THÉO KIRCHER

Théo est un homme célibataire de 40 ans, vivant seul dans un appartement à Paris. Il est le fils de Joseph Kircher, un illustre photographe d'art, qui est décédé alors qu'il n'avait que trois ans. À la suite de ce drame, il vit seul aux côtés de sa mère, tandis que Camille, le fils de son père, part s'installer chez leur tante Maud et son mari. Pour autant, Théo n'est pas proche de sa mère. Année après année, il a toujours ressenti la présence douloureuse d'un mur infranchissable entre lui et elle.

À défaut de pouvoir s'identifier à elle, il s'intéresse alors beaucoup au travail de son père et, devenu adulte, décide de lui-même devenir photographe. Condamné à vivre dans l'ombre de Joseph Kircher, il mène toutefois une carrière nettement moins reluisante. À l'occasion d'un voyage à Los Angeles, il s'illustre en effet dans la presse comme « le photographe des stars », une appellation qui le hérisse. Pour redorer son blason familial et se distancer de son rôle de paparazzi, il entreprend donc à son retour à Paris d'écrire un livre sur son père, rassemblant quelques-unes de ses photos inédites.

Dans ses bagages, il emporte Juliette, une Parisienne rencontrée en Amérique dont il est tombé follement amoureux et qu'il épouse à leur retour en France. Au fil des mois, pourtant, leur relation s'étiole, jusqu'à ce qu'ils soient redevenus, en définitive, de parfaits inconnus.

Alors qu'il a le cœur brisé, il ne peut cependant compter sur le soutien de son demi-frère Camille, qui est entre-temps devenu alcoolique et a attaqué Théo en justice pour l'empêcher de sortir son livre. Le seul ami auquel il puisse confier ses déboires est Matthieu, son collègue de travail, qui lui prête toujours une oreille attentive.

Il n'est pas tout à fait remis de sa rupture lorsqu'il rencontre Marianne, une historienne suisse qui l'aide à faire la lumière sur le passé ombrageux de sa mère et pour laquelle il éprouve d'emblée une certaine attirance. Pourtant, lorsqu'elle esquisse un premier pas vers lui et l'embrasse, il lui rend à peine son baiser. Trop effrayé à l'idée de reproduire le même schéma amoureux, il préfère faire machine arrière et se concentrer sur leur enquête. Ce n'est qu'une fois toute l'affaire élucidée qu'il se sent prêt à reprendre contact avec Marianne, qui s'arrange pour participer à un colloque à Paris afin de le revoir. Durant son séjour, Théo l'emmène diner au restaurant plusieurs soirs d'affilée, puis la raccompagne jusqu'à son hôtel, devant lequel il dépose un chaste baiser sur ses lèvres. Lui qui n'avait plus éprouvé de tels sentiments pour qui que ce soit depuis le départ de Juliette, il préfère éviter de précipiter les choses.

Son colloque terminé, Marianne rentre en Suisse et entame avec Théo une relation longue distance. Leur histoire prend un tournant plus sérieux quelques semaines plus tard, lorsque ce dernier émet l'idée de partir en vacances avec Marianne et sa fille, Emily, qu'il n'a encore jamais rencontrée. Les préparatifs de voyage vont bon train quand il découvre avec stupeur que celle qu'il aime lui a menti et pourrait bien être sa demi-sœur.

NINA JANSEN

Nina Jansen est une jeune fille suisse issue d'un milieu modeste. Enfant, elle éprouve quelques difficultés à l'école, sans doute dues à un trouble de l'apprentissage. Elle parvient néanmoins à les surmonter à l'aide de ses enseignants, jusqu'à ce qu'un instituteur ne la prenne en grippe. L'école primaire devient alors un véritable enfer pour Nina, que son professeur punit à la moindre faute, et humilie dès qu'il en a la possibilité. Sa mère souhaite pourtant qu'elle poursuive ses études dans l'enseigne-ment secondaire, mais perd son emploi et est contrainte de cumuler plusieurs petits boulots pour joindre les deux bouts. Finalement, ses difficultés financières sont telles que les services sociaux interviennent. Concluant que sa mère n'a les moyens de s'occuper que d'une enfant, ils placent Nina dans une famille d'accueil pendant quelques mois, tandis que sa sœur Elizabeth, très bonne élève à l'école, peut rester chez elles. Elle est ensuite lo-gée dans une nouvelle famille, pour le compte de laquelle elle réalise un stage de boulangerie, mais la situation dérape rapidement. Victime de violences physiques, elle est accusée par ses hôtes de toutes sortes de méfaits visant à la décrédibiliser si elle venait à se plaindre. Elle se voit dès lors assigner un tuteur qui ne cherche pas à connaitre la vérité et l'envoie habiter dans une famille de fermiers, où elle est également traitée comme une es-clave. Lorsque leur fils la viole, elle est de plus accusée de dépravation et est contrainte de quitter la ferme pour le foyer pénitentiaire Sainte-Marie. Sa mère, qui ignore tout de la réalité du quotidien de sa fille, se réjouit qu'elle ait à nouveau l'occasion de faire des études, mais éprouve une grande honte lorsqu'elle apprend que sa fille est enceinte, et laisse l'administration se charger de faire adopter le bébé. Nina, quant à elle, espère fuir cet endroit aux côtés de son enfant et de Denise, une autre pensionnaire de Sainte-Marie avec laquelle elle a sympathisé.

Ses sentiments à l'égard de cette dernière, toutefois, vont bien au-delà de la simple amitié. Dès le jour de son arrivée, la beauté de Denise exerce une grande fascination sur Nina qui, tout à la fois intimidée, éprise et contrariée par son indifférence, cherche par tous les moyens à attirer son attention. Quand, deux jours plus tard, elle empêche Denise de se suicider, tous ses souhaits sont alors exaucés : la nouvelle, qui jusqu'alors était restée si mystérieuse, s'ouvre à elle. À compter de ce jour, les deux jeunes filles deviennent inséparables, allant jusqu'à se blottir l'une contre l'autre certaines nuits, et se soutiennent l'une l'autre face à l'adversité.

DENISE PIAGET

Denise Piaget est une jeune fille genevoise issue de la haute bourgeoisie. Dotée d'une grande beauté, elle grandit entourée de richesses, mais sans amour, auprès d'un père trop absorbé par ses affaires et d'une mère en proie à la neurasthénie.

Adolescente, elle fréquente pendant plusieurs années un pensionnat pour jeunes filles, mais ne parvient à nouer que des relations superficielles avec ses camarades, dont le conformisme l'ennuie, et préfère de loin passer du temps seule, à lire ou à se promener dans la nature. Sa première véritable amie est Johanna, une Américaine âgée de deux ans de plus qu'elle venue passer un semestre dans son internat. Plus spontanée et plus naturelle que tous les gens de son âge que Denise a pu rencontrer jusqu'alors, elle lui fait découvrir la musique pop, des écrivains américains sulfureux tels que Nabokov, Millet et Burroughs, et lui raconte toutes sortes d'anecdotes incroyables, qui l'emplissent d'espoir, d'insouciance et de joie. Le bonheur de Denise est pourtant de courte durée puisque l'été venu, Johanna rentre dans le Maine et est tuée dans un accident de voiture. Dévastée par la perte de son amie, la belle Suissesse sombre dans la dépression. Alors qu'elle pense ne jamais pouvoir remonter la pente, elle rencontre Thomas, un bel étudiant de 23 ans venu lui donner des cours de piano à domicile. En quelques leçons, ils se rapprochent, et rapidement ils entament une idylle passionnée, mais non moins risquée. Les parents de Denise, en effet, seraient scandalisés s'ils apprenaient la vérité sur leur relation, moins à cause de son âge que des origines sociales modestes de Thomas. En désespoir de cause, ils murissent donc le projet de fuir à Rome pour se marier. Arrêtés à la frontière de Genève, ils sont cependant contraints de faire machine arrière. Denise doit retourner chez ses parents, tandis que Thomas, pris de panique à l'idée de voir son avenir menacé par les Piaget, lui écrit pour rompre avec elle. Une nuit, elle cherche à le revoir pour obtenir plus d'explications, mais Thomas la rejette et prévient son père qu'elle s'est enfuie de son internat. Furieux, ses parents l'envoient à l'institut Sainte-Marie, où ses idées noires la conduisent à faire une tentative de suicide. Elle est sur le point de mourir pendue à l'un de ses draps lorsque Nina intervient. Denise, qui n'avait jusqu'alors presque pas adressé la parole aux autres pensionnaires, se confie alors à Nina, avant de l'interroger à son tour sur son passé. Touchée par l'histoire de sa camarade de chambre, elle promet de s'enfuir avec elle et de l'aider à élever son bébé, mais Nina meurt des suites de son accouchement quelques mois plus tard.

Sa disparition est un véritable choc pour Denise, qui a développé au cours de son incarcération des sentiments profonds pour son amie. Parce qu'elle souhaite vivre pour et au nom de celle qu'elle a perdue, elle se fait donc appeler Nina à compter du jour de son évasion. Une décision que son fils Théo interprètera des années plus tard comme un acte d'amour plus que d'amitié.

MARIANNE DUSSAUT

Marianne est une historienne d'une quarantaine d'années travaillant à l'université de Lausanne, où elle étudie les archives de l'institut Sainte-Marie. Le choix de son sujet de recherche s'explique par son histoire familiale. Son père Henry était en effet pédopsychiatre de formation, mais n'a que peu exercé en tant que tel, puisqu'il a travaillé au Service de l'enfance, puis comme directeur à l'Institut Sainte-Marie. Il meurt d'un cancer du pancréas alors que sa fille a 13 ans, laissant de nombreuses questions en suspens sur le rôle qu'il a joué dans ce pensionnat. Devenue adulte, Marianne saute par conséquent sur l'occasion d'en apprendre plus à son sujet lorsque le professeur Berthelet, son directeur de thèse, démarre une étude sur les enfermements administratifs. En omettant de préciser que l'un de ses proches a travaillé dans l'une de ces institutions, elle propose donc à l'universitaire de l'assister dans ses recherches.

En ce qui concerne sa vie privée, elle est mariée à un policier avec lequel elle a une petite fille de trois ans nommée Emily, en hommage à Emily Dickinson. Elle est cependant séparée du papa, si bien que quand elle rencontre Théo, elle semble prête à passer à autre chose et à entamer une nouvelle relation avec celui-ci.

Adepte du mensonge au travail comme en amour, elle ne lui dit toutefois pas que son père a travaillé à Sainte-Marie durant la période où Denise y était incarcérée, sans doute parce qu'elle soupçonne qu'il ait fermé les yeux sur certains comportements répréhensibles. Elle ne dispose néanmoins d'aucune preuve, et n'imagine certainement pas une seconde que son père ait pu lui-même agresser sexuellement l'une des détenues dont il était responsable...

CLÉS DE LECTURE

UN THRILLER PSYCHOLOGIQUE

Comme tous les romans de Valentin Musso, *Qu'à jamais j'oublie* peut être qualifié de thriller psychologique, un sous-genre du thriller, lui-même sous-genre du roman policier.

Le roman policier et le thriller : définitions

Le roman policier est caractérisé par son intrigue portant sur la résolution d'une enquête, c'est-à-dire la recherche d'indices et de preuves visant à identifier un coupable. Si l'identité de ce coupable doit en principe être tenue secrète jusqu'à l'extrême fin du récit afin de ménager un certain suspense, elle est cependant révélée d'emblée lorsqu'il s'agit d'un thriller. Pour autant, le suspense demeure une composante essentielle du genre, dont le nom dérive d'ailleurs de l'anglais *to thrill* signifiant « faire frémir ». La tension ne repose certes pas sur la résolution d'un crime, cependant le lecteur est tenu en haleine tout au long du récit au moyen de nombreux rebondissements, situés généralement en fin de chapitre de façon à susciter chez le lecteur de l'avidité, de l'excitation et de l'appréhension. On parle dans le monde anglo-saxon de *cliffhangers*, terme signifiant littéralement « une personne suspendue au rebord d'une falaise », pour signifier l'attente et l'angoisse que ce genre de retournements de situation peut provoquer.

Le point de départ de l'intrigue de *Qu'à jamais j'oublie*, par exemple, est le meurtre du docteur Dallenbach, dont on sait dès le départ qu'il est perpétré par la mère de Théo. Les circonstances qui l'ont poussée à l'acte ne sont révélées que plus tard, au fur et à mesure que l'enquête de Théo progresse, ainsi qu'au moyen d'analepses (figure de style consistant en un retour en arrière dans le temps afin d'expliciter le passé de certains personnages).

La tension est quant à elle alimentée au moyen de divers procédés, à commencer par la rétention d'information et la fausse piste. Ainsi, lorsque le lecteur lit les premiers chapitres consacrés à Nina, il pense d'abord lire l'histoire de la mère de Théo, jusqu'à ce qu'il apprenne en même temps que ce dernier que la véritable Nina est morte en 1967.

Cette révélation constitue un *cliffhanger*, et est introduite à la fin de la seconde partie de ce roman, de sorte qu'on ne puisse s'empêcher d'entamer la troisième :

— *Vous avez retrouvé ma mère ?*

Je perçois un soupir dans le téléphone.

— *Non, Théo. Nina Jansen ne peut pas être votre mère : elle est morte à Sainte-Marie en décembre 1967...* (p. 134, partie II, chapitre 8).

Si ce retournement de situation est le plus frappant du livre, de nombreux autres rebondissements viennent ponctuer ce récit. Ainsi, c'est également à la fin d'un chapitre que Théo découvre que le bâtiment devant lequel pose sa mère sur la photo que lui a donnée Maud est un établissement pénitentiaire, que Denise sort enfin de son mutisme pour raconter son histoire, que Théo apprend que Joseph Kircher n'est pas son véritable père et que ce dernier n'est pas mort d'une crise cardiaque.

Finalement, le roman est conclu par un ultime coup de théâtre, quand Théo apprend que Marianne pourrait bien être sa demi-sœur. En faisant le choix d'une fin ouverte, Valentin Musso ménage de cette façon l'attention de son lecteur jusqu'à la toute dernière page et fait en sorte qu'il continue de se poser des questions sur cette histoire même après avoir achevé sa lecture.

Le thriller psychologique

Le thriller psychologique est un thriller mettant en scène des personnages torturés et névrosés, entretenant les uns avec les autres des relations complexes. Son intrigue ne constitue pas une enquête policière à proprement parler, mais une enquête sur la psychologie d'un ou plusieurs personnages, visant à comprendre leurs motivations. L'accent est donc mis non pas sur leurs actions, mais sur leur état mental et leur cheminement intérieur.

Dans *Qu'à jamais j'oublie*, Théo cherche ainsi à comprendre comment sa mère en est arrivée à assassiner le docteur Dallenbach, l'enjeu principal étant de prouver qu'elle réagissait à un choc traumatique, et n'était de ce fait pas en mesure d'évaluer les conséquences de son acte.

Outre les épreuves qui ont transformé Denise, il est également beaucoup question de la souffrance qu'a engendrée son silence pour Théo et Camille. Au-delà d'elle-même, le secret de Denise a en effet pesé sur toute sa famille, de sorte qu'année après année, les non-dits ont creusé entre ses différents membres un fossé que seule la parole a finalement été en mesure de combler.

<u>Un livre basé sur des faits réels : les internements administratifs</u>

Comme de nombreux thrillers, *Qu'à jamais j'oublie* est inspiré d'une réalité historique. Pour écrire ce livre, Valentin Musso s'est en effet intéressé aux internements administratifs survenus en Suisse de la fin du XIXe siècle à 1981. Sur cette période, 60 000 personnes ont été enfermées dans près de 650 institutions différentes sans avoir pour autant commis de délit. Chaque canton disposant de sa propre législation, un flou juridique a de fait occasionné de nombreuses décisions arbitraires émanant de l'administration. Celles-ci touchaient particulièrement des personnes appartenant aux classes sociales plus défavorisées, dont la société bourgeoise condamnait le mode de vie. Si les mesures prises à l'encontre des victimes visaient officiellement leur réinsertion, elles n'ont en définitive fait que les appauvrir davantage, notamment en les privant d'instruction. Le traumatisme fut pour elles d'autant plus fort que ces institutions étaient régulièrement le théâtre de maltraitances et d'abus sexuels.

UNE DOUBLE TEMPORALITÉ

La concordance des temps de *Qu'à jamais j'oublie* est particulière, puisqu'elle varie d'un chapitre à l'autre. Les chapitres consacrés à Théo et à son enquête sont en effet rédigés au présent et à la première personne du singulier, tandis que les chapitres revenant sur les évènements de l'année 1967 sont écrits au passé et à la troisième personne.

L'imparfait et le passé simple : les temps du récit

Depuis le XVIIe siècle, une tradition narrative bien ancrée veut que les romans de langue française soient écrits au passé simple et à l'imparfait, deux temps qui s'opposent par leur aspect, ou autrement dit, qui expriment différentes manières d'envisager l'action. Le passé simple est ainsi un temps perfectif, utilisé pour décrire un évènement survenu à un moment donné, mais qui est à présent achevé. L'imparfait, quant à lui, est, comme son nom l'indique, imperfectif, c'est-à-dire qu'il est employé pour signifier un procès qui est en cours de réalisation et n'est pas encore achevé. Il sert en général pour décrire la toile de fond d'un récit, le cadre dans lequel, dans un second temps, s'inscrivent les évènements qui font véritablement progresser l'intrigue. Ceux-là sont dépeints à l'aide du passé simple, et sont mis au premier plan, tandis que, par contraste, les verbes à l'imparfait servent à décrire l'arrière-plan.

Le présent de narration

Bien que les temps du récit soient historiquement l'imparfait et le passé simple, le présent est de plus en plus utilisé à partir de la seconde moitié du XXe siècle. Cette époque est en effet marquée par la volonté de plusieurs auteurs regroupés au sein des Éditions de Minuit de transformer le genre romanesque datant de l'Antiquité pour donner naissance au Nouveau roman. Parce qu'ils portent plus d'importance à la vie intérieure de l'individu qu'à l'intrigue, les théoriciens de ce mouvement mettent au jour de nombreuses œuvres rédigées à la première personne du singulier, et dont le narrateur s'exprime au présent. Les évènements rapportés apparaissent de cette manière plus vifs et immédiats, dès lors que la distance temporelle entre le moment de la narration et le moment des faits est abolie. Si ce présent de narration place le narrateur, vivant les évènements en même temps qu'il les raconte, dans une position improbable, il parait pourtant assez naturel, parce qu'il est fréquemment employé à l'oral et par les enfants, lorsqu'ils racontent une histoire.

L'emploi des temps dans *Qu'à jamais j'oublie*

Valentin Musso, pour sa part, use du présent lorsqu'il rapporte le déroulement de l'enquête de Théo, de sorte que les évènements auxquels il est confronté semblent survenir à l'instant même. Le lecteur, confronté en même temps que le héros à la nouveauté, se projette par conséquent plus facilement dans l'histoire et a davantage tendance à s'identifier au personnage principal.

Ce sentiment de proximité est d'autant plus fort que le texte apparait comme étant son monologue intérieur. Le lecteur a accès à ses pensées et à ses émotions en instantané, là où l'usage d'un temps passé aurait induit une certaine distance entre lui et le narrateur. Qu'il s'agisse de la douleur induite par sa déception amoureuse ou la confusion qui l'habite lorsqu'il apprend que toute sa vie a été un mensonge, les mouvements de l'âme de Théo sont développés en détail et rapportés sans aucun filtre. On comprend dès lors pourquoi le choix du présent s'impose, dans le cas de *Qu'à jamais j'oublie*, où la psychologie des personnages occupe une place particulièrement importante.

Le présent, en somme, renforce ici le sentiment d'empathie induit par le livre sur son lecteur. Même si les évènements rapportés se sont produits en 2007, Valentin Musso parvient par ailleurs en y ayant recours à donner à cette intrigue une impression d'immédiateté, de sorte qu'elle puisse s'inscrire dans l'ici et maintenant de celui qui le lira, quel que soit le moment où il la lira.

Les passages rétrospectifs sont quant à eux écrits au passé, suivant une concordance des temps plus classique, et peuvent de cette manière plus aisément être identifiés comme des analepses. Car si le cadre spatiotemporel est clairement énoncé dans l'entête du premier chapitre consacré à Nina (« Canton de Vaud, 1967 », p. 82), ce n'est pas le cas de ceux qui suivent. La conjugaison, dès lors, devient un précieux indicateur pour assurer la clarté du récit.

UN PLAIDOYER CONTRE LA VIOLENCE FAITE AUX FEMMES

Depuis le mouvement *me too*, qui a connu un essor particulièrement important en 2017, on assiste à une libération de la parole en ce qui concerne les violences faites aux femmes, notamment les agressions sexuelles. Naturellement, ce bouleversement sociétal a une influence sur la littérature, puisque de plus en plus d'auteurs et d'auteures abordent également ce sujet dans leurs livres. Ainsi, Valentin Musso s'inscrit avec *Qu'à jamais j'oublie* dans une mouvance, dénonçant à travers la fiction le sexisme et le patriarcat. Effectivement, si de nombreux hommes ont également fait l'objet d'une procédure d'internement administratif, il apparait que les institutions suisses décrites par l'auteur étaient encore plus hostiles envers les femmes, parce qu'elles étaient propices aux agressions sexuelles et à la culpabilisation des victimes.

Lorsque Nina est violée par le fils de sa famille d'accueil, il est par exemple frappant de voir que c'est elle qui est pointée du doigt par les services sociaux, qui croient sans poser de questions la mère de son agresseur.

Quant à Denise, elle menace le docteur Dallenbach de le dénoncer à la direction lorsqu'elle comprend avoir été victime d'abus sexuel, mais le médecin lui répond aussitôt que personne ne croira à son témoignage, en sachant quel comportement « dépravé » l'a conduite à Sainte-Marie. Sa parole, dès lors, se trouve invalidée, et la jeune fille est contrainte au silence.

Au-delà des internats suisses, c'est donc un véritable problème sociétal que s'attache à mettre en évidence Valentin Musso, car le système est établi de telle manière que les agresseurs sont protégés et ne sont jamais punis.

Son roman permet en outre de montrer quelles conséquences néfastes peuvent avoir de tels abus sur le long terme. De fait, la vie de Denise n'a plus jamais été la même après son agression, puisqu'elle n'a plus jamais été en mesure d'entretenir une relation amoureuse avec un homme. 40 ans après les faits, le traumatisme n'attendait d'ailleurs qu'à être réactivé, en témoigne la folie meurtrière qui s'est emparée d'elle lorsqu'elle a revu Dallenbach. Les séquelles psychologiques ont été d'autant plus fortes pour elle qu'elle n'a jamais pu obtenir justice ni parler de ce qu'elle a vécu, mais a été forcée de garder le secret sur les violences qui lui ont été infligées. Denise, en effet, ne s'est pas exprimée, non pas car elle n'en a pas ressenti le besoin ou l'envie, mais parce qu'en tant que femme elle se trouvait en position d'infériorité et que personne, en 1967, n'était par conséquent disposé à entendre son témoignage.

PISTES DE RÉFLEXION

QUELQUES QUESTIONS POUR APPROFONDIR SA RÉFLEXION...

- D'après vous, l'absence de justice justifie-t-elle de se faire justice soi-même, comme l'a fait Denise ? Argumentez.

- Pourquoi Maud refuse-t-elle de dire la vérité à Théo alors que celle-ci pourrait sortir Denise de prison ? Comprenez-vous son comportement ?

- Comparez *Qu'à jamais j'oublie* avec *Les cendres froides* du même auteur. Comment traite-t-il le thème des secrets de famille dans ces deux romans ? Quelles similitudes notez-vous entre les différents personnages ?

- À la fin de ce roman, Théo fait une découverte bouleversante. Rédigez un épilogue indiquant comment les différents personnages ont réagi face à cette nouvelle. Théo en a-t-il parlé à Denise ? A-t-il pu obtenir des réponses à ses questions ? Comment Marianne s'est-elle défendue de lui avoir menti ?

- Le silence de Denise et Maud s'apparente-t-il davantage à un mensonge ou à un secret ? Qu'est-ce qui distingue ces deux notions ?

- Quelle conclusion/morale peut-on tirer de cette histoire ?

- Les trajectoires de vie de Nina et Denise semblent se répondre en de nombreux points. D'après vous, pourquoi Valentin Musso a-t-il fait le choix de représenter deux personnages aux histoires si semblables ?

- Quels sont les avantages et les désavantages de baser une fiction sur des faits réels ?

POUR ALLER PLUS LOIN

ÉDITION DE RÉFÉRENCE

- Musso V., *Qu'à jamais j'oublie*, Paris, Seuil, 2021, 320 p.

Votre avis nous intéresse !
Laissez un commentaire sur le site de votre librairie en ligne
et partagez vos coups de cœur sur les réseaux sociaux !

lePetitLittéraire.fr

- un résumé complet de l'intrigue ;
- une étude des personnages principaux ;
- une analyse des thématiques principcles ;
- une dizaine de pistes de réflexion.

**Retrouvez
notre offre complète sur
lePetitLittéraire.fr**

L'éditeur veille à la fiabilité des informations publiées,
 lesquelles ne pourraient toutefois engager sa responsabilité.

www.lepetitlitteraire.fr

ISBN version numérique : 9782808026970
ISBN version papier : 9782808026987
Dépôt légal : D/2021/12603/189

Conception numérique : Primento,
le partenaire numérique des éditeurs.